Geschichten die von Herzen kommen und zu Herzen gehen

von Marlies Hachenberger

Impressum

Bibliografische Information der Deutschen Nationalbibliothek: Die Deutsche Nationalbibliothek verzeichnet diese Publikation in der Deutschen Nationalbibliografie; detaillierte bibliografische Daten sind im Internet über dnb.dnb.de abrufbar.

© 2023 Marlies Hachenberger

Herstellung und Verlag:
BoD – Books on Demand, Norderstedt

ISBN: 9783758319396

Vorwort

Da ich bis jetzt ein sehr bewegtes Leben hatte, habe ich auch viel zu erzählen, über die Menschen und Tiere, die mir begegnet sind. Ich hoffe, dass ich auch anderen damit eine kleine Freude machen kann.

Sehr dankbar bin ich darüber, dass ich durch Sofie vom Stellwerk e.V. meine kleinen Geschichten in einem Buch veröffentlichen kann.

Ein besonderer Dank gilt meinem Mann Günther mit dem ich so viel schöne Jahre verbringen durfte. Daher ziert eines seiner Gemälde den Bucheinband.

Ich vermisse dich

Soweit weg und doch so nah,

manchmal denke ich du bist noch da.

Ich wünschte mir du könntest mir auf vieles noch

eine Antwort geben und wir hätten mehr Zeit

gehabt in diesem Leben.

Ich würde noch gern einmal mit dir lachen

oder andere verrückte Dinge mit dir machen.

Es bleibt aber nur die Erinnerung

an eine wunderschöne Zeit,

an damals als wir noch waren zu zweit.

Liebe Mama und Lieber Papa

Zum Muttertag und zum Vatertag, möchte ich euch

beiden ein kleines Gedicht schreiben.

Was ihr mit bisher gegeben,

war nur Glück und Zärtlichkeit

Gott beschütze euch im Leben

und behüte uns vor Leid

Ihr werdet mir zu allen Zeiten

Liebe schenken wie bisher

Freude will ich euch bereiten

denn ich lieb euch sehr.

Und weil ich euch so liebhabe, merke ich auch das

bei euch beiden nicht alles in Ordnung ist. Oder

habt ihr geglaubt, weil ich noch so klein bin, bin ich

auch doof??? Nein ich merke sehr wohl, dass ihr

nicht so lieb miteinander umgeht wie vorher.

Lieber Papa,

warum bist du so streng mit Mama, ich weiß doch

als ich noch im Bauch bei Mama war, dass sie auf

ganz viele Dinge hat verzichten müssen. Darum

solltest du ihr heute, ab und zu eine

Zigarettenlänge gönnen. Wenn du so verbohrt bist,

hat Mama sicher auch ihren dicken Kopf. Vielleicht

wenn du ein bisschen lieb zu ihr bist und sie auch mal ganz fest in die Arme nimmst, lässt sie irgendwann die blöde Raucherei von ganz allein.

Liebe Mama,

da ich ja nun gerade dabei bin, kriegst du auch noch etwas ab. Ich meine nur, so ganz bin ich mit deiner Raucherei auch nicht einverstanden. Kannst du dir nicht ein bisschen Mühe geben, und so langsam die Zigaretten ganz weit wegpacken. Außerdem, ich rieche es auch nicht so gerne. In den ersten Tagen meines Lebens hast du ganz anders gerochen. Oma und Opa haben mir erzählt, wie fleißig ihr beide immer seid. Und dass wir ein schönes großes Haus haben. Ich freue mich auf das Leben mit euch.

Ein Leben zu dritt.

Wenn ihr euch nun nicht schnell wieder ganz liebhabt, gehe ich in Mamas Bauch zurück.

Denn als ich noch da drin war, habt ihr euch viel besser verstanden. Oder vielleicht sollte ich ganz schnell groß werden und euch den Popo versohlen. Entschuldigt bitte, ich weiß ja ich bin noch klein und muss brav sein, ich habe euch ganz dolle lieb euer Sohn.

Ps. Oma hat gesagt ich soll das noch darunterschreiben: Die Liebe einer Mutter (Schwiegermutter) umschließt die Welt ihrer Kinder, ob sie nun groß oder klein sind, denn für jede Mutter bleibt auch das erwachsene Kind, immer Gegenstand ihrer Sorge und Fürsorge.

Unser 13. Hochzeitstag

Da ich von Natur aus kein abergläubiger Mensch bin, war die Zahl 13 bisher für mich eine ganz gewöhnliche Ziffernfolge, das änderte sich schlagartig an meinem 13. Hochzeitstag. Zwei Tage vor dem bewussten Hochzeitsjubiläum, hatte mein Mann noch immer kein Wort darüber verloren. In den Jahren zuvor, hatten wir immer abgesprochen, was wir abends zusammen unternehmen wollten. Mal gingen wir essen, mal ins Theater. Oder wir luden uns Freunde ein. Und dieses Mal sollte gar nichts passieren? Das gab's nicht. Bestimmt hatte er auch meinen Blumenstrauß vergessen. Zu jedem Hochzeitstag bekam ich nämlich die Kopie, meines Brautstraußes. Ja was war zu tun. Wenn mein Mann diesen Tag offensichtlich vergessen würde, musste ich halt etwas unternehmen. Ich lud Freunde zum Essen ein, und überlegte, was ich uns auftischen könnte. Es musste ein Gericht sein, was nicht so arbeitsaufwendig war. Ein überbackener Filettopf und Stangenspargel.

Der 13. Hochzeitstag war schließlich da. Mein

Mann hatte sich komischerweise Urlaub genommen, aber das hatte offensichtlich nichts mit dem festlichen Anlass zu tun. Dafür stand er mir dauernd bei meinen heimlichen Vorbereitungen fürs Abendessen im Weg. Am Abend vorher hatte ich das Fleisch aus der Kühltruhe zum Auftauen genommen. Mein Mann ging selten in den Keller, doch ausgerechnet an diesem Abend suchte er dort etwas. Prompt stellte er die Frage, was ich mit dem Fleisch machen möchte. In Eile fiel mir nichts Besseres ein als ihm vorzuflunkern, dass ich die Truhe gesäubert und wohl vergessen hätte das Fleisch wieder hineinzutun. Er schüttelte seinen Kopf ließ es jedoch dabei beruhen. Am nächsten Tag habe ich irgendwann aufgehört zu zählen, wie oft ich das Fleisch und die anderen Zutaten vom Küchentisch in den Backofen verschwinden ließ, weil mein Man die Küche betrat. Der Abend nahte, ich hatte im Wohnzimmer den Tisch besonders hübsch gedeckt, es klingelte. Die von mir eingeladenen Freunde standen vor der Tür. Mein Mann schüttelte den Kopf als er sie sah, und auch ich tat so, als wäre ich vollkommen überrascht von ihrem Besuch. Ich bat sie doch mit uns zu Abend zu essen. Als ich zu Tisch bat, guckte mein Mann zwar verwundert auf die festliche Dekoration, aber der Groschen fiel immer noch nicht. Um dem etwas nachzuhelfen, hatte ich auf seinen Teller die Heiratsurkunde gelegt, er fragte mich verwundert,

„Hast du die Papiere auch geordnet oder was soll die Urkunde?"

Meine Güte, mit einem Seufzer sagte ich

„Schau doch mal aufs Datum."

Da endlich! Nachdem er sich bei mir zigmal entschuldigt hatte, wurde es ein sehr gemütlicher ausgedehnter Abend. Am nächsten Tag bekam ich einen Riesenblumenstrauß, mit den Worten

„Zum ersten Tag im 14. Ehejahr, an dem ich dich noch genauso liebe wie an dem Tag, an dem wir geheiratet haben." überreicht.

Zum 20. Hochzeitstag meiner Kinder

Hallo ihr beiden Lieben,

20 Jahre ist es nun schon her.

Uns ist es, als ob es gestern wäre.

Als ich in einer schönen Feierstunde,

die Hand euch reichte zum Lebensbunde.

So ging es weiter Hand in Hand.

Habt Höhen und Tiefen gemeistert mit Verstand.

Wir möchten euch ins Herz reinschreiben,

wie es bisher war, soll es auch bleiben,

drum pflanzt ihr heut einen Rosenstamm,

der immer euch erinnern kann.

Schaut ihr ihn an und strahlt vor Glück,

immer vorwärts nie zurück.

Denn gestern war euer Tag,

heute ist euer Tag

und morgen wird auch euer Tag sein.

Solange Menschen leben,

wird es ein Wort geben,

ein Wort so klein doch so inhaltsreich,

es klingt so kurz und doch so weich: Liebe.

Ein paar Sätze zum Geburtstag

An deinem Geburtstag stehst du im Mittelpunkt, nette Menschen gratulieren dir, und wünschen dir von Herzen alles Gute. Sie erinnern dich daran, dass du ein kostbares Kind des Lebens bist, sei ehrlich ab und zu tut es ganz gut daran erinnert zu werden. Vielleicht sagt man dir auch, du hast dich überhaupt nicht verändert in den letzten Jahren. Sicherlich ist das als Kompliment gedacht, aber du musst nicht alle nett gesagten Worte glauben, denn du hast dich verändert und das ist auch gut so. Wenn man sich immer wieder verändert, ist man lebendig, das Leben hat jeden Tag neue Herausforderungen und neue Aufgaben für dich. Oder hast du vor zwei Jahren damit gerechnet, dass du im Parlament sitzen würdest. Gut, dass du diesen Schritt getan hast, und in die Gemeindevertretung gegangen bist. Noch bist du mit den beiden Rängen voll ausgelastet, aber denke mal zehn Jahre weiter, wenn die beiden Süßen langsam flügge werden, du bist genau der Typ, dem dann die Decke auf den Kopf fällt. Behalte deine positive Einstellung, auch wenn die

Zeiten einmal schwer sind. Denn auch Probleme sind Chancen sich wieder zu verändern. Jeder Weg ist leicht, wenn du weißt, wohin er führt, außerdem liebe Bine, wie lebendig ein Mensch ist. Ist eine Frage des Herzens und nicht des Alters. In diesem Sinne wünschen wir dir, deinem Mann und deinen Kindern weiterhin viele positive Jahre, und trinken einen großen Schluck auf dein Wohl, deine Gesundheit und deiner Familie,
deine Schwiegereltern.

Die Geschichte mit dem Esel

Ein Mensch kriegt eine schöne Torte,
drauf stehen im Zuckerguss die Worte,
zum heutigen Geburtstag Glück,
der Mensch isst selber nicht ein Stück,
doch muss er in gewaltigen Keilen
das Wunderwerk ringsum verteilen.
Ein Glück, das heut, der Tag verschwindet
und als er nachts die Torte findet
ist der Text nur noch ganz kurz
er lautet nämlich nur noch „Burts".
Das dieses nicht passiert mit deiner Torte,
machen wir sie ohne Worte,
doch konnten wir uns nicht verkneifen,
den Esel nochmal aufzugreifen,
es ist zwar kein Lebendexemplar,
doch sicher wird nun allen klar,
dass du die 40 erreicht hast
und nur den Anfang erst gemacht hast.
Damit den Esel man auch nutzen kann,
hängen wir einen Bollerwagen dran.
So kannst du, sollt dein Auto streiken,
auch die Kundschaft noch erreichen.

Nun schaut, was da durch Gifhorn zieht, auf den Lippen ein fröhlich Lied.
Ein Anruf: Lalla ist zur Stelle, er ist eben doch der Mann für alle Fälle.

Liebes Geburtstagskind,

wer zählt die Köpfe

nennt die Namen,

die heute hier zusammen kamen.

Um ihren Glückwunsch darzubringen.

Vielleicht ein Ständchen gar zu singen

dem Geburtstagskind in unserer Mitte zuzurufen:

„Verdammt gut gehalten Brigitte! Für unsere

Familie bist du ein Gewinn."

Drum sagen wir in diesem Sinn,

von Herzen nur das Allerbeste

zu deinem 50. Geburtstagsfeste.

Wir haben weder Kosten noch Mühe gescheut.

Deinen größten Wunsch erfüllen wir dir heut.

Wir schenken dir zum Geburtstag

einen zweiten Mann,

den man überall mit hinnehmen kann.

Wir holten Ihn aus dem Land der Helenen

denn wir wissen, den alten Griechen,

gilt dein Sehnen.

Es ist ein Jüngling von guter Statur,

hat ein kleinen Fehler nur,

du wirst es gleich selbst erleben.

Musst nur ein wenig das Feigenblatt heben,

ob man wohl was sehen kann,

sei ehrlich du wolltest doch nen nackten Mann.

Zum Geburtstag,

Liebe Edda, was mir heut die Feder führt und mich
reimen lässt
ist man glaubt es kaum,
dein 50. Geburtstagsfest.
Wir wünschen dir zu diesem Feste
von Herzen nur das Allerbeste.
Dein Leben ist ein bunter Strauß,
dein Leitspruch mach das Beste draus.
Du bist, ich denke in aller Sinn
für uns ganz klar ein Hauptgewinn.
Stehst den Gymnastikdamen vor
und bist der Boss vom Schwalbenchor.
Du kannst aus Ton und anderen Sachen, so
wunderschöne Dinge machen.
Wir schätzen dich als guten Freund, der es immer
ehrlich mit uns meint.
Zu dem wir alle gerne gehen,
mit dem sich alle gut verstehen.
Wurdest du trotzdem mal angerempelt
hast du die Arme hochgekrempelt
und zeigtest lachend dein Gesicht:
„Mit mir doch nicht.“

In diesem Sinn mach weiter so.

Lebe hoch in forte und in Pianissimo.

Das Geschenk

Da niemand, feiert gern allein,

lud das Rote Kreuz uns ein,

sogar an mich haben sie gedacht,

drum habe ich auch was mitgebracht.

Ich hab lange nachgedacht,

wie man es am besten macht.

Bin ziemlich lange durch die Läden gelaufen,

ich wollte etwas Nützliches kaufen.

Bis ich endlich das Richtige gefunden,

vergingen viele Stunden.

Ich ging damit zur Kasse hin,

und sprach zu der Verkäuferin,

„Bitte packen sie es hübsch ein, es soll für lauter

nette Leute sein.“

Sie guckt mich an,

schüttelt ihr weißes Haupt und lacht,

„Was haben sie sich denn dabei gedacht?“

Ich sagte, „Hören sie auf zu lachen, ich bin immer

für praktische Sachen!“

Ich hab es dann nach Haus gebracht,

auch da hat man mich ausgelacht.

„Wir dachten du hast deinen Kopf zum Denken,

sowas kann man doch nicht verschenken. Was soll

man im Dorf denn von uns denken?"

Ich habe es trotzdem mitgebracht

und hoffe, dass es euch auch Freude macht. Wenn

nicht, so macht es mir nichts aus,

ich nehm es auch wieder mit nach Haus.

Man sollte möglichst praktisch denken.

Und nur was Ordentliches schenken

und praktisch ist es ohne Frage.

Groß und Klein braucht es alle Tage,

schließlich braucht man es in jedem Haus,

denn keiner kommt mehr ohne aus.

Da ich beim Kauf an Qualität gedacht,

habe ich das Teure mitgebracht.

Man kann es für viele Dinge nutzen,

den Mund oder die Nase putzen,

man kann damit den Spiegel polieren,

den Klodeckel befreien von Flecken und Viren.

Ich denke den Spaß werdet ihr mit verzeihen.

Nun fasst zu zweit je ein Ende. Und mit einem Ruck

öffnet ihr das Knallbonbon.

Der eine oder andere wird geahnt haben, was da

herausfällt: Eine Rolle Toilettenpapier.

Die Lacher waren auf meiner Seite.

Der Hund meines Nachbarn

Hallo liebe Hundefreunde, ich würde mich heute gerne einmal bei euch vorstellen, mein Name ist Gismo, und ich lebe in einer Seniorenwohnanlage, ich habe bei einem der Bewohner seit fünf Monaten mein Zuhause, die Eingewöhnung ist mir nicht schwer gefallen, denn mein Herrchen und alle Bewohner sind sehr nett zu mir, mit meinem Herrchen habe ich so richtig Glück gehabt, wir beide sind schon die allerbesten Freunde geworden, jeden Tag machen wir ausgedehnte Spaziergänge mit vielen Hundekollegen und mein Herrchen hat auch schon einige Freunde gefunden. Am Anfang hat mein Herrchen versucht mich umzuerziehen, bei einigen Sachen habe ich auch klein beigegeben, aber so ganz nebenbei habe ich auch ihn erzogen. Ich muss sagen es läuft wirklich super mit uns Beiden, ich bin so dankbar, dass er mir ein schönes Zuhause schenkt.

Jack der Familienhund

Als Jack in unsere Familie kam war er acht Wochen alt, ein ganz kleines schwarzes Bündel mit großen dunklen Augen. Die ganze Familie war sofort in dieses kleine Wesen verliebt. Er war auch eine besondere Mischung. Sein Papa war ein Jack Russell, und seine Mama war eine Pudeldame. Jack sein zuhause war bei unserem ältesten Sohn, der war aber beruflich viel unterwegs, dann durfte Jack bei uns bleiben. Mein Mann und ich hatten eine Wohnung mit einem kleinen Garten, da hat sich Jack gerne aufgehalten. Großen Respekt hatte er vor der Treppe, die in den Garten führte. Sie war aus Metall mit kleinen Durchbrechungen versehen. Er war einmal mit seinem Pfötchen hängen geblieben und hatte sich eine Kralle abgerissen, es hat furchtbar geblutet. Wir haben ihm sein Pfötchen mit warmem Wasser abgespült, getrocknet etwas Heilsalbe draufgelegt und einen Verband drumgebunden. Am nächsten Tag habe ich ihm einen kleinen Strumpf genäht, angezogen und mit einer Schleife festgebunden. So konnten wir wenigstens wieder Gassi gehen. Er lief auch sehr flott, bis zwei kleine Mädel sich erkundigten, was denn der arme Hundi gemacht hätte. Sofort fing Jack wieder an zu humpeln. Ja er war ein richtiger kleiner Schauspieler. Wenn wir abends den Fernseher anhatten und Klassik hörten, hat er Töne von sich gegeben, als wolle er den Sängern Konkurrenz machen. Ich denke er hat sich bei uns ganz wohl gefühlt. Denn wenn unser Sohn kam, um ihn abzuholen, legte er sich zwischen meinen Mann und mich und guckte unseren Großen an, als wolle er sagen, „Was willst du denn hier?“. Jack war für uns alle das, was man einen guten Freund nennt. 17 Jahre haben wir viel Freude an ihm gehabt. Ich denke auch Jack hat es so empfunden und sich in der Familie wohl gefühlt, besonders bei seinem besten Freund, sein Herrchen. Er hat alles verstanden denke ich, denn wenn ich auf Plattdeutsch mit ihm geschimpft habe, wusste er, es war fünf Minuten vor Zwölf. Er legte sich dann auf den Boden und schaute mich mit seinen unwiderstehlichen dunklen Augen an. Wer konnte da schon widerstehen.

Briefe aus dem Hundehimmel

Meine lieben Freunde auf der Erde,

vor allem mein bester Freund, mein Herrchen, ganz liebe Grüße aus dem Hundehimmel, nun bin ich schon eine ganze Weile hier oben. Und ich kenne fast jeden Mitbewohner. Wir haben hier ein sehr gutes freundschaftliches Verhältnis. Ich mache jeden Tag einen ausgedehnten Spaziergang, werde dann hier und dort eingeladen auf ein Näpfchen Wasser. Vor ein paar Tagen begegnete ich einer größeren Hündin, die mir bekannt vorkam, sie schaute mich auch ganz interessiert an. Nach dem wir uns ausgiebig beschnuppert hatten, viel uns beiden ein, woher wir uns kannten. Wir sind uns öfters begegnet in dem Haus wo mein Herrchen und ich einige Zeit gewohnt haben. Die Hundedame hat mich dann eingeladen mit auf ihre weiche Wolke zu kommen. Ein passendes Körbchen hatte sich in ihrer Größe nicht gefunden. Dafür durfte sie sich diese wunderschöne Wolke aussuchen. Ich musste feststellen, dass es auf einer weichen Wolke genauso kuschelig ist wie in einem weichen Körbchen. Sie hat mir dann gezeigt. Wie man seine Freunde auf der Erde beobachten kann. Auch wenn es sehr tief unten war. Alle meine lieben Freunde habe ich von der Wolke aus entdecken können. Dich mein Herrchen habe ich auch gesehen, du warst auf dem Weg zur Arbeit und hast Halt gemacht, um dir einen Kaffee zu holen. Schau doch ab und zu einmal nach oben, ich sehe dich.

Liebe Grüße an alle, von eurem Jack aus dem Hundehimmel.

Meine Lieben Freunde auf der Erde,

endlich finde ich mal Zeit mich wieder bei euch zu melden. Ich möchte mich gerne mal bei euch allen bedanken, die ihr immer so lieb zu mir wart. Ich denke ich hatte ein erfülltes Hundeleben. Übrigens eine alte Freundin habe ich hier auch wieder getroffen. Die weiße Pudeldame die ich immer so verehrt habe. Einer der Älteren vom Hundehimmel ist ein Rauhaardackel, er erzählte mir er hat lange Zeit auf der Nordsee Insel Pellworm gelebt, aber irgendwann hat ihn jemand mit einem Hasen verwechselt. So lebt er nun schon seit ungefähr 65 Jahren im Hundehimmel. Da ich auch zu den etwas älteren Hundehimmelbewohnern zähle, muss ich kaum noch arbeiten, ich habe ein wunderschönes Einzelkörbchen mit Blick auf die Wolken, also ihr müsst euch um mich wirklich keine Sorgen mehr machen. Ganz liebe Hundehimmelgrüße von eurem Jack.

Hallo Liebe Freunde auf der Erde,
Lange habe ich nichts von mir hören lassen, dafür habe ich heute aber wunderschöne Neuigkeiten. Ihr glaubt gar nicht wie schwer es ist, als Hund in den anderen Teil des Himmels zu gelangen. Der andere Teil ist der, wo sich die Erdenbürger wiedertreffen, ich habe mir gedacht, ich kenne doch so viele ältere Menschen, vielleicht habe ich Glück, und kann hier oben jemandem von denen begegnen. Als ich durch die Erdenbürgerpforte ging, wusste ich sofort, dass es richtig war, hierher zu kommen. Ich bekam so ein heimeliges Gefühl. Viele saßen und haben gelesen, andere haben Spiele gespielt. Eine andere Gruppe war am Malen.

Da entdeckte ich an der Staffelei meinen Opa, den Papa von meinem Herrchen. Man das war vielleicht eine tolle Begrüßung, ich fragte ihn, ob Oma auch da wäre, Nein sagte er ich bin hier oben allein. Aber nun habe ich ja dich wieder, so eine Freude. Er erzählte mir das er auch schon einige alte Bekannte getroffen hätte. Unter anderem seinen Trauzeugen Franzl, Der bei seiner Hochzeit mit Oma dabei war, wir haben seine ganze Stunde miteinander verbracht und dann musste er sich ausruhen. Ich bin in meinen Hundehimmel zurück und habe an alle meine Lieben auf der Erde gedacht.
Bis zum nächsten Mal euer Jack.

Liebe Claudia, lieber Jürgen,
endlich finde ich Zeit und Ruhe, um an euch zu schreiben. Ja meine allerliebsten Freunde ich bin sehr gut im Hundehimmel angekommen, und auch sehr lieb aufgenommen worden. Ich hatte großes Glück, das mich ein Schlitten mit nach oben genommen hat, den Schlitten führte ein sehr netter älterer Herr, der mir unterwegs alles erzählt hat,

was er sah, ihr wisst ja das meine Augen nicht mehr die besten waren. Ich habe die Fahrt sehr genossen. Bei der Ankunft hier im Hundehimmel, wurde mir ein weiches warmes Körbchen gegeben und die anderen Hundehimmelbewohner wurden mir vorgestellt. Ich habe mich sehr gefreut, als ich unseren Nachbarhund Jack wiedergetroffen habe. Er war so lieb und hat gleich sein Essen mit mir geteilt. Danach haben wir einen Rundgang durch den Hundehimmel gemacht, er hat mir die besten Plätze gezeigt, von wo aus man seine Freunde auf der Erde gut sehen kann. Er sagt mir jetzt immer, wenn ihr aus der Haustür kommt oder ihr in euren Garten geht, so bin ich in Gedanken immer noch bei euch, wie ihr seht es geht mir sehr gut, in Dankbarkeit euer Anton.

Hallo, liebe großen und kleinen Freunde,

ich möchte mich gerne bei euch vorstellen, also ich bin der Kater Bautz, warum ich so heiße? Als ich noch ganz klein war, bin ich beim Laufen immer auf die Nase gefallen, und mein Frauchen sagte dann „Bautz, ja und den Namen habe ich behalten. Wir wohnen in einem sehr gemütlichen alten Fachwerkhaus auf dem Lande, ich gehe gerne mit Frauchen und Herrchen spazieren, nein nicht an der Leine ich darf allein laufen, im Garten haben wir einen kleinen Teich mit Goldfischen die versuche ich mit meiner Pfote zu fangen, aber es gelingt mir nicht. Die sind viel schneller als ich. Ja und dann sind da noch die Hühner von der Nachbarin Else, in deren Nestern ich so gerne liege, weil es so schön warm ist, aber Else hat mir verboten in den Hühnerstall zu gehen, angeblich futtere ich ihre Eier auf. Aber ich mag gar keine Eier. Wenn ich ins Haus möchte, kann ich durch meine Katzenklappe hineingehen, Aber das finde ich langweilig, ich springe lieber aufs Fensterbrett, und klopfe an die Scheibe, dann macht mein Frauchen mir auf und ich springe in die Küche. Da gibt es immer leckere

Sachen, ich weiß, wo meine Schale steht, und wo die Schlagsahne drin ist, wenn ich davon etwas haben möchte, gehe ich von der Schale zum Kühlschrank, dass wiederhole ich ein paar Mal, bis mein Frauchen merkt, dass ich Schlagsahne möchte. Ich liebe Schlagsahne. Aber leider gibt es immer nur ein klein' bisschen davon. In unserer Küche ist an zwei Wänden eine Holzverkleidung, die an einer Seite offen ist. Die Verkleidung ist so weit von der Wand, dass man oben ein Brett befestigen kann, wo man hübsche Sachen drauf stellt. Ja und diese Öffnung ist so groß, dass ich hineinschlüpfen kann, und ich saß fest, kam nicht vor und nicht zurück. Herrchen hat dann zwei Bretter entfernt endlich war ich frei. Er hat auch gleich die offene Seite zugemacht, hätte nicht sein müssen ich wäre sowieso nicht wieder reingekrochen. Bei uns im Haus wohnen auch noch zwei Jungs, der Kleinere hat eine Katzenallergie, schade bei ihm im Bett habe ich eigentlich am liebsten geschlafen, der Große hat in seinem Zimmer ein Aquarium, mit kleinen Fischen aber an die kam ich leider nicht heran. Außerdem ist da noch der Vogelkäfig mit dem Wellensittich, Charlie heißt er. Auf den Käfig bin ich rauf gesprungen habe mit Charlie Küsschen gegeben, dabei war ich wohl zu temperamentvoll, der Käfig viel zu Boden, samt Vogelfutter, Sand und Wasser. Und Charlie hat sehr laut gepiept. Frauchen kam und hat geschimpft über die Sauerei, ich habe mich schnell verdrückt. Aber am nächsten Tag hat Frauchen wieder mit mir gespielt. Ich bringe dann den Sektflaschenkorken wieder nach oben, werfe ihn runter und Frauchen wirft ihn mir wieder nach oben. Das könnte ich stundenlang machen.

Ach ja, die Geschichte muss ich euch auch noch erzählen, an einem schönen warmen Tag, habe ich eine längere Wanderung gemacht, und da ich immer so schrecklich neugierig bin und alles untersuchen muss, passieren mir natürlich auch Missgeschicke, ich landete mit meinem Pfötchen in einer Marderfalle, das hat sehr weh getan. Ich bin nach Hause gehumpelt, Frauchen war sehr erschrocken und ist gleich mit mir zum Tierarzt gefahren, da bekam ich einen Verband, so ein blödes Ding. Zuhause habe ich versucht den

Verband runterzukriegen, war sehr schwierig und in der Wunde tat es sehr weh. Am nächsten Tag hat Frauchen den Verband abgemacht, und die Wunde mit Salbe und Spray behandelt. Wenn sie meinte das ich fest schliefe, haben sie gesprayt, die ganz Familie war dran beteiligt, einer hat mich gestreichelt der andere hat mein Schnäuzchen zugehalten damit ich nichts rieche, die andere Person hat gesprayt ich fand es toll das alle so besorgt um mich waren, raus durfte ich nicht, aber auf dem Sofa liegen und Fernsehen.

Manchmal kam da das Bild wo die Piepmätze auf einer Leitung sitzen ich habe mit meinem gesunden Pfötchen nach Ihnen geschlagen, aber ich habe sie nicht getroffen und sie sind nicht weggeflogen, und mit einem Mal waren sie doch verschwunden. Ich bin auf den Fernseher geklettert und habe hinten reingeguckt, da war aber nichts. Wo die bloß geblieben sind?

Ja und dann war da noch die Geschichte mit dem Raben. An einem schönen Sonntag saß ich im Garten vor dem Maulwurfhügel, ich habe gedacht irgendwann muss der Maulwurf doch mal

rausgucken, aber nichts, etwas ganz anderes geschah. Ein großer schwarzer Vogel kam von oben und biss mir ins Ohr. Ich habe mich vielleicht erschrocken. Seitdem fehlt mir am Ohr ein kleines Stück. Wenn ich heute einen schwarzen Vogel sehe, krieche ich schnell unter die Hecke, aber ansonsten geht es hier recht gemütlich zu,
euer Bautz.

Der Rumtopf

Anfang der 70er Jahre wohnten wir in Wedel, in einem Zweifamilienhaus. Unsere Vermieter hatten sich im Keller, eine Wohnung eingerichtet und somit hatten wir keinen Kellerraum. Aber der Treppengang zum Keller, gehörte zu unserer Wohnung. Im Kellergang hatten wir Regale angebracht, wo wir unser Eingemachtes lagerten. Außerdem hatten wir unseren ersten Rumtopf angesetzt, er war bis oben hin voll, wir hatten ihn mit Klarsichtfolie abgedeckt. Die letzten Früchte waren die Pflaumen. Eines Nachts wurde ich von einem merkwürdigen Geräusch geweckt. Das Geräusch kam von der Kellertreppe, es hörte sich an, als ob jemand im Wasser planschte. Vorsichtig und vor allem ganz leise, öffnete ich die Kellertür, und war geschockt über das, was ich sah. Auf dem Rand vom Rumtopf saß eine Ratte, tauchte die Schnauze in den Rumtopf, und sortierte die Pflaumen mit den Pfötchen raus. Als sie mich bemerkte rutschte sie vom Topf, und torkelte die Kellertreppe runter. Am nächsten Morgen stellten wir fest, dass sie in der Tür zum Keller ein Loch gefressen hatte, aber die Ratte war weg und der Rumtopf war hin.

Ein Reisetagebuch

Im Hochschwarzwald, in St. Peter, ist eine der schönsten Barockkirchen Deutschlands, wenn man diese Kirche betritt, überkommt einen ein Gefühl der Zufriedenheit und Ruhe, Der Altar, die Wände und Decken, sind teilweise mit Blattgold belegt. Hunderte Kerzen sind angezündet, und durch den Glanz entsteht eine wohlige Wärme. An der Orgel der Barockkirche, finden sich Organisten aus aller Welt ein und geben Konzerte, schon diese Kirche wäre für mich ein Anlass, dem Schwarzwald noch einen Besuch abzustatten. Wunderschön!

Wenn man durchs Höllental fährt, fühlt man sich eingeschlossen durch die sehr hohen Felswände. Man kommt sich so klein vor, so muss es auch einem Hirsch gegangen sein, um nicht in die Fänge der Jäger zu geraten, hatte sich der Hirsch auf den höchsten Punkt der Felswände gerettet. Er steht noch heute da oben und guckt Stolz auf das Tal, ganz schön clever. Leider hatten wir nicht die Möglichkeit, Herrn Professor Brinkmann zu treffen. Dafür hat uns unsere nette Reiseleiterin, zu einem einheimischen Schlachter geführt. Dort durften wir einen exzellenten Schwarzwälder Schinken probieren, den Geschmack habe ich heute noch auf der Zunge, ein weiterer Grund wieder in den Schwarzwald zu fahren.

Urgemütlich die Straßen um das Freiburger Münster, kleine Marktstände, urige Gaststätten und nur freundliche Menschen um uns herum, um die Stadt Freiburg reimen sich viele Gerüchte, unter anderem die von einem Bettler, der am Straßenrand saß und um ein paar Pfennige bat. Aber die hohen Herrschaften gingen Nase rümpfend an ihm vorbei, ohne ihn auch nur zu beachten. Eines Tages wurde es ihm zu viel, er zog seine Hose runter und zeigte den Freiburgern seinen nackten Hintern. Da wir nicht möchten, dass es uns so ergeht, sollten wir auch auf die Menschen am Straßenrand Acht geben.

Das Städtchen Colmar haben wir per Bahn erkundet. Colmar ist ein wunderschönes Städtchen, vor allem durch die Fachwerkhäuser.

An den Wänden der Häuser ist in vielen Teilen der Stadt das Bildnis von einem Bildhauer namens Bartholdy zu sehen. Und zwar immer in Verbindung mit dem Empire State Building. Er war einer der Architekten, der die Statue in der Hafeneinfahrt von New York, mit entworfen hat. Ein großer Sohn der Stadt Colmar, da wir noch Zeit hatten, sind wir zu Fuß auf Erkundungstour gegangen. Am besten gefallen hat mir das Gerberviertel. Da es von kleinen Wasserstraßen durchzogen ist, nennt man es auch Kleinvenedig.

Ein besonderes Erlebnis war auch die Begehung, des Schaugartens der Gräfin von Zeppelin, in der Nähe von Laufen. Für Jemanden der einen großen Garten zu bestellen hat, konnte man sich sehr viele Anregungen holen, wunderschön waren die mediterranen Gewächse und die Farbenpracht der Pfingstrosen, aus dem kleinen Laden konnte man sich hübsche kleine Erinnerungen mitnehmen.

Da wir bei früheren Fahrten schon Frankreich erkundet haben, möchte ich sagen, Riquewihr im

Elsas ist eine der schönsten alten Städtchen Frankreichs ist. Malerische kleine Gassen, alte Fachwerkhäuser, und gemütliche Kneipen. Alle Hausfassaden sind liebevoll dekoriert, auf einigen Dächern sind kleine Figuren, zum Beispiel der Fuchs und die Gans. Auf einem anderen Dach ein krähender Hahn. Da wir eine längere Pause hatten, haben wir uns im Restaurant „der Frosch", eine französische Zwiebelsuppe bestellt, war sehr lecker. Leider hat Klaus seine in einer teuren Konfiserie gekauften Makronen auf dem Tisch liegen lassen. Da hat sich doch bestimmt jemand sehr gefreut. Trotzdem guten Appetit.

Was macht man, wenn man sehr klein geraten ist, in einem Hotelzimmer einquartiert wird, indem sich eine Badewanne aber keine Dusche befindet? Wie kommt man in die Badewanne? Ich würde euch raten, sich an den Hotelgast zu wenden dem das passierte. Sie war so pfiffig, das nette Hotelpersonal anzusprechen, lud die Damen auf einen Drink ein, und fragte sie, ob sie bitte den Hausmeister fragen würden, dass er ihr in die

Wanne hilft. Unser Hotelgast hatte großes Glück, denn der Hotelchef übernahm gerne die Hausmeister Tätigkeit, auch das ist Schwarzwälder Gemütlichkeit.

Eine etwas andere Weihnachtsgeschichte

Die Vorweihnachtszeit ist, wie man so sagt, die besinnlichste Zeit des Jahres. Mir fallen dann immer folgende Worte ein, die eigentlich aus Brasilien kommen „Jedes Mal, wenn Menschen einander verzeihen, ist Weihnachten. Jedes Mal, wenn wir einem Menschen helfen, ist Weihnachten. Jedes Mal, wenn wir einander ansehen, mit den Augen des Herzens und einem Lächeln auf den Lippen, ist Weihnachten. Jedes Mal, wenn ein Kind geboren wird, ist Weihnachten." Dann erinnere ich mich oft an meinen Traum. Ich war im Urlaub in einem Land, wo Krieg und Chaos herrschte, wo Menschen wegen ihres Glaubens miteinander stritten, sich angriffen, verschleppten und erschossen. Ich lasse dieses Land hinter mir, gehe durch eine Nebelwand und stehe vor einer Art Unterschlupf in einem Berg. Über dieser kleinen Höhle leuchtete ein heller Stern, der mir den weiteren Weg zeigte. In dem Unterschlupf treffe ich auf eine kleine Familie, Vater, Mutter und Kind. Sie sitzen an einem kleinen Feuer und laden mich ein, mich dazu zu setzen. Ich hatte mir am Morgen für meine Wanderung, einige Brote geschmiert und Wasser mitgenommen, was ich nun mit ihnen teilte. Sie machten sich Sorgen, was aus ihrem Kind werden sollte, in so einer Welt. Mir viel nur folgendes ein: „Glaube an das Gute im Menschen und bleib dir treu, und schenke deinem Gegenüber Vertrauen, liebe deine Mitmenschen, denn wenn du viel Liebe verschenkst, bekommst du einen großen Teil zurück."